DEL NORTE

CARTAGENA

GOVERNACION
DE SANCTA
MARTHA

TIERRA
FIRMA

NUEVO REY NO DE

GRANADA

TERRA FIR
et
NOVUM REG
GRANATE
et
POPAYA

Val de Neyva

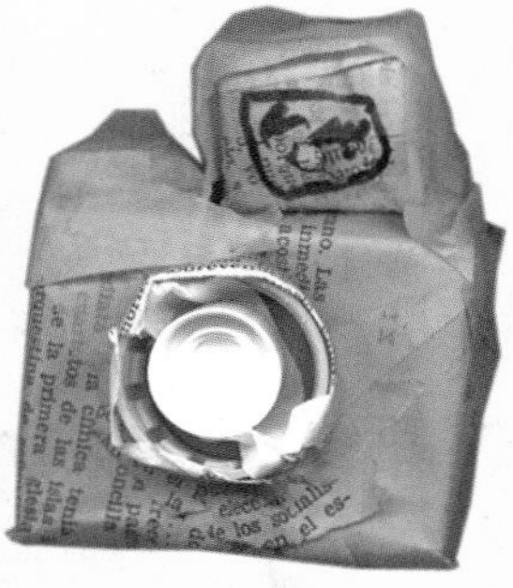

LA VIDA SALVAJE. DIARIO DE UNA AVENTURA

© 2007, Claudia Rueda

Diseño: π

D.R. ©, 2007 Editorial Océano S.L.
        Milanesat 21-23, Edificio Océano, 08017
        Barcelona, España. Tel. 93 280 20 20
        www.oceano.com

D.R. ©, 2007 Editorial Océano de México, S.A. de C.V.
        Blvd. Manuel Ávila Camacho 76, 10º piso. Col. Lomas de Chapultepec,
        Del. Miguel Hidalgo, Código Postal 11000, México, D.F. Tel. (55) 9178 5100
        www.oceano.com.mx

PRIMERA EDICIÓN

ISBN: 978-84-494-3675-8 (Océano España)
ISBN: 978-970-777-385-1 (Océano México)

HECHO EN MÉXICO / MADE IN MEXICO
IMPRESO EN ESPAÑA / PRINTED IN SPAIN
9002316010408

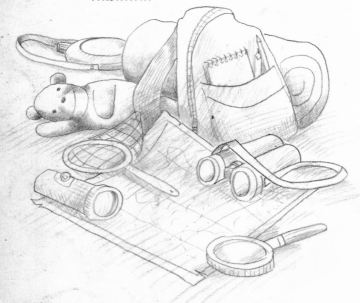

# La vida salvaje

## Diario de una aventura

# Claudia Rueda

**OCEANO** travesía

# Querido diario:

Casi no pudimos dormir de la emoción. Al amanecer iniciamos nuestra aventura en busca de la vida salvaje. Aún a oscuras nos encontramos un gigantesco risco.

Pero ni Matilda ni yo nos íbamos a detener. Escalamos como verdaderos alpinistas.

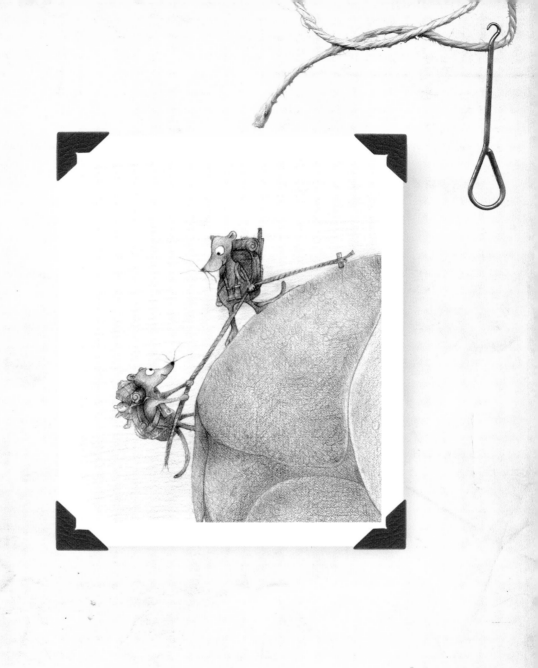

Cuando llegamos a la cima
comenzamos a explorar.

Encontramos una criatura
extraña, con alas y un gran pico,
que por fortuna resultó amigable.

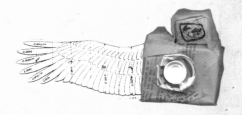

Desde lo alto disfrutamos el hermoso paisaje y con los binoculares intentamos encontrar más animales.

Como no vimos ninguno,
continuamos nuestro recorrido.
De pronto llegamos a un abismo...

Tampoco ahí nos detuvimos.
Habíamos traído los paracaídas
de la abuela.

Al aterrizar exploramos una cueva fabulosa, pero tampoco encontramos animales dentro.

Estábamos hambrientos y nos
detuvimos a comer en un
paraje entre dos rocas.

Para descansar un poco
tomamos una siesta.

Cuando ya era hora de regresar
comenzó a llover, pero a los
exploradores un diluvio no
nos intimida.

Aunque la pasamos bien, nos hubiera gustado encontrar animales grandes y feroces..

Pero nunca se sabe
con la vida salvaje.

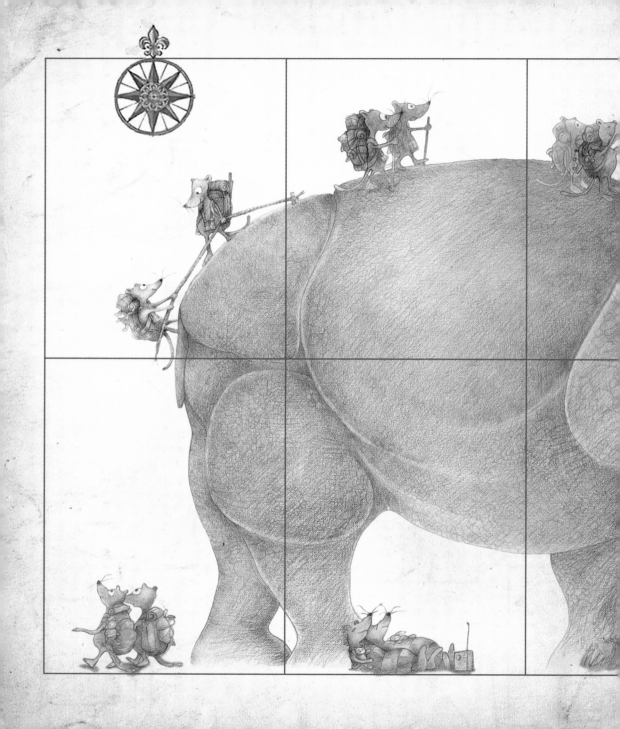

Mapa fidedigno de la ruta
seguida por los intrépidos
exploradores en busca
de la vida salvaje

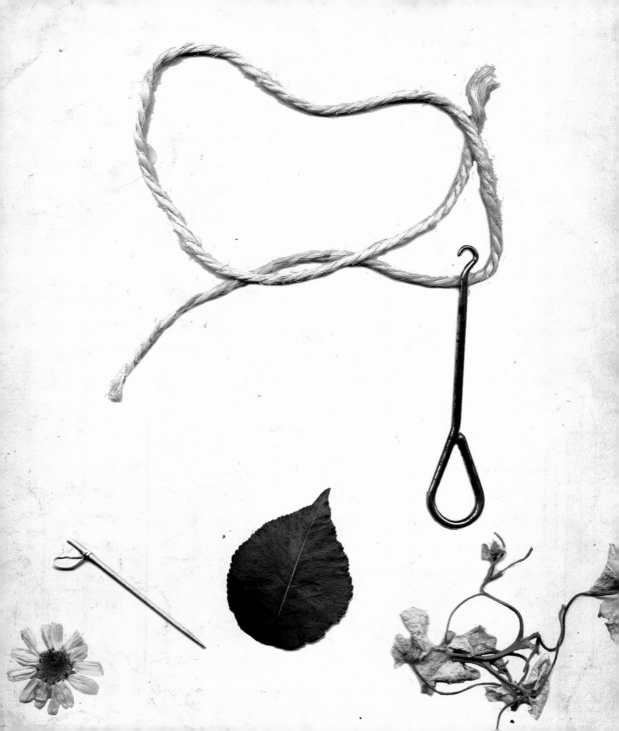